Séjour au château

Pour les élèves de CE2 de la classe
d'Estelle à Cournon-d'Auvergne,
vive la lecture !
M.

www.flammarion-jeunesse.fr

Éditions Flammarion – 82, rue Saint-Lazare - CS 10124 – 75009 Paris
ISBN : 9782080444547 – N° d'édition : L.01EJEN002295.N001 / 626556-0
Dépôt légal : avril 2024
Imprimé en Espagne par Liberdúplex – mars 2024
Loi n° 49-956 du 16 juillet 1949 sur les publications destinées à la jeunesse

Séjour au château

Texte de
Magdalena

Illustrations
d'**Emmanuel Ristord**

CASTOR POCHE

Lukas
Kanoa
Elias
Jimmy
Maxence
Timéo
Sport
Himiko
Nabila
Basil
Marie
Suzy
Anaé
Lucie
Malo
Johanna
Noémie
9
Notre classe de CE2

Après l'histoire,
tu trouveras des jeux
et des activités page 50 !

Vendredi, c'est l'effervescence dans la classe des CE2. La directrice, madame Chabon, prépare les affaires pour le voyage scolaire. Avec ses élèves, elle remplit la malle de cahiers, crayons, livres sur le Moyen Âge…

« On va travailler ? demande Basil, étonné.
– Oui, répond la directrice, un temps de classe est prévu chaque fin d'après-midi.
– Pff, pas drôle, dit Basil à Marie.
– On aura le droit de se battre avec des épées ? demande Lukas en mimant un duel avec Kanoa.
– Vous aurez quelques leçons d'escrime, répond madame Chabon.
– Super, comme au Moyen Âge ? demande Noémie.
– Oui, comme les chevaliers et les chevaleresses, répond la directrice.
– Oh, génial ! » s'écrie Noémie en mettant ses bras autour des épaules de Nabila.

Sport

Le dimanche soir, chez elle, Lucie prépare sa valise.
Elle adore l'idée d'aller passer une semaine
au château avec sa classe.
Elle réalise qu'il lui manque des affaires.
Elle laisse un message sur le répondeur de sa mère :
« Mam, tu peux déposer chez papa le petit sac
qui est resté dans l'entrée ? J'en ai besoin
pour le voyage scolaire demain. Merci Mam.
Bisous et à vendredi. »
Et elle raccroche.

Lucie souffle : à vivre entre deux lieux,
il lui manque toujours quelque chose.
Et comme elle est un peu étourdie,
ça n'arrange rien.
Il lui tarde déjà d'être assise dans le car.
Mais avant, il est l'heure de se coucher !

Le lundi matin, c'est le grand départ.
Le moteur du car tourne en faisant
un bruit tonitruant.
Basil, qui a toujours la langue bien pendue,
proteste :
« Mon père dit que ce n'est pas écolo de laisser
tourner le moteur à l'arrêt.
– N'empêche que comme ça, on a le chauffage »,
dit Anaé, qui est frigorifiée.

Madame Chabon compte et recompte ses élèves :
tout le monde est là.
Enfin, elle rejoint le père de Basil,
qui accompagne la classe en voyage scolaire.
Elle lui dit :
« Encore merci de venir avec nous.
– De rien, ça va me changer. Mes élèves sont
plus vieux et puis cela fait longtemps
que je n'ai pas joué au chevalier. »

Basil s'est installé à côté de Marie. Il lui dit :
« La directrice est malade en car,
et elle a demandé à mon père de nous accompagner. C'est un parent prof,
il a l'habitude de s'occuper des élèves.
Comme ça, elle pourra dormir au lieu de vomir. »
Mais Marie ne rit pas car elle aussi est souvent malade en voiture, et Basil semble l'avoir oublié.
Même qu'une fois, elle avait vomi sur lui.

Tout à coup, Basil découvre l'écran suspendu.
« Trop bien, on a la télé ! dit-il, épaté.
– On va regarder quoi ? demande Jimmy.
– On va voir un documentaire »,
répond la directrice.
Grand silence, les élèves sont déçus.
Elle ajoute :
« Je plaisante, c'est un dessin animé. »
La classe, soulagée, applaudit.

À l'arrivée, deux animateurs en costumes
du Moyen Âge accueillent la classe sur le pont-levis.
Celui déguisé en troubadour prend la parole :
« Bienvenue au château !
Ici vous vous sentirez comme chez vous,
ici vous vous amuserez comme des fous,
ici vous connaîtrez le Moyen Âge de bout en bout. »

Puis il présente sa collègue en chantant.
Les CE2 sont épatés.
« Trop bien, dit Basil.
– J'y crois pas, dit Malo.
– On va bien rigoler »,
dit Johanna, qui adore se déguiser.

Une fois les bagages installés
dans les deux grands dortoirs,
les élèves ont droit à un copieux goûter.
Sur les tables, il y a d'énormes tranches de pain,
du beurre et de la confiture à volonté.

Basil demande :
« C'est quoi, ces tartines ? On dirait des assiettes.
Je n'ai jamais mangé ça, moi. »
L'animatrice, qui l'a entendu, sourit et explique :
« Le pain est fabriqué dans le moulin qui fait partie
du domaine, et les confitures sont faites maison. »

Comme pour s'excuser d'avoir commencé
avant tout le monde, Elias dit :
« C'est trop bon ! »

« C'est ici que nous ferons classe, annonce madame Chabon quand elle s'installe avec ses élèves dans une pièce du donjon.
– Moi, je préfère garder la porte avec lui », dit Basil en s'arrêtant devant l'armure d'un chevalier.

Clic-clac, la directrice le prend en photo et dit :
« Nous allons créer le journal de notre semaine au château, avec des photos. Au retour, on le photocopiera pour l'offrir à vos parents. »
La classe est emballée. Marie s'écrie :
« Avec Basil, on se charge de faire les photos ! »
Lucie, qui adore écrire, propose timidement :
« Je veux bien être rédactrice.
– Moi aussi ! » disent Johanna et Maxence.
Jimmy propose aussitôt de faire une page BD sur le Moyen Âge.

Quand sonne la trompette qui annonce l'heure du dîner, ils sont tous surpris.
« Déjà ! dit Lukas.
– Vivement demain qu'on continue ! » dit Lucie.

Après le dîner, les garçons regagnent leur dortoir.
Le père de Basil dit :
« Maintenant, chacun va faire son lit.
– On n'a pas de couette ? demande Kanoa.
– Non, des draps et des couvertures, répond le père de Basil.
– On est vraiment au Moyen Âge, alors, dit Basil.
– Mais on n'a jamais fait nos lits avec ça ! dit Malo, inquiet.
– Bon, je vais vous montrer. »

Le père de Basil choisit un lit au hasard et le fait.
« Trop de chance, Kanoa, dit Basil. Ton lit est fini !
– J'ai oublié, tout séjour réussi commence par une belle bataille de polochons ! » dit le père de Basil en jetant en l'air le coussin de Kanoa.

La bataille terminée, Kanoa dit, les joues rouges :
« Je crois qu'il faut que je refasse mon lit, maintenant ! »

Dans le dortoir des filles, tout le monde se met en tenue pour dormir.
Lucie ne trouve pas sa chemise de nuit.
Elle réalise qu'elle est restée dans le sac que sa mère a oublié de lui déposer.

« On va trouver une solution, dit Johanna qui crie aussitôt : qui peut prêter un pyjama à Lucie ?
– À mon avis, personne, car on a un seul pyjama pour le séjour, remarque Marie.
– J'ai une robe qui peut faire chemise de nuit, dit Noémie. Ma mère a absolument voulu que je la prenne pour la dernière soirée de fête. Je te la donne, même, si tu veux ! »

Lucie adore sa nouvelle chemise de nuit !
« Trop de chance, on dirait une princesse », dit Anaé, qui aurait aimé porter la robe.

Le lendemain matin, la directrice réunit les élèves et explique :
« Le matin, nous allons faire des ateliers.
Vous choisissez un atelier par jour,
celui que vous voulez, mais il faut vous inscrire maintenant pour toute la semaine. »

Les élèves sont attroupés devant les panneaux d'affichage.
« Tu fais quoi, toi ? demande Lucie à Nabila.
– Je sais pas encore, j'hésite entre poterie et calligraphie, répond Nabila. Et toi ?
– Moi, comme toi », répond Lucie.

Ce qui intrigue le plus Timéo, c'est l'activité de préparation des festivités.
« C'est quoi, les festivités ? » demande Timéo.
L'animateur répond :
« Surprise, surprise, vous verrez bien ! »

Poterie
Calligraphie
Préparation des Festivités

Quand chacun a fait son choix,
les CE2 se rendent dans une salle immense,
divisée en plusieurs coins d'activités.

Lucie et Nabila pétrissent la terre,
elles font de la poterie.
Johanna et Kimiko calligraphient les prénoms
de la classe.
À l'atelier d'escrime, Noémie, Malo, Lukas
et Timéo s'entraînent à manier l'épée.
Jimmy et Maxence font chacun un bouclier
avec un blason dessus.
Elias et Kanoa se retrouvent à la danse médiévale,
car ils ont tardé à s'inscrire.
Au début, ils étaient un peu déçus, mais maintenant,
ils commencent à y prendre goût avec Marie
et Anaé comme partenaires.
Suzy et Basil ont choisi l'atelier de préparation
des festivités et ils réalisent des décorations.
Tout le monde est passionné par ce qu'il fait.

Après le déjeuner, c'est la visite du château.
Il faut monter un grand escalier pour atteindre le chemin de garde.
Elias souffle :
« Mais elles n'en finissent pas, ces marches.
– Courage, chevalier », dit le père de Basil pour le motiver.

Une fois en haut, la directrice se lance dans des explications.
« D'ici, on pouvait surveiller, voir au loin et anticiper les attaques ennemies. »

Basil et Lukas crient, comme si le château était attaqué :
« Relevez le pont-levis et baissez la herse ! »
Johanna ajoute :
« Versez de l'huile bouillante, tirez des flèches, lancez des boulets de canon ! »
Les CE2 miment les scènes en criant :
« À l'attaque ! À mort les ennemis ! »

Le mercredi après-midi,
il y a une séance collective de jonglage.

Le père de Basil, Marie et Kanoa sont super-bons.
Les autres applaudissent.
Lukas est plus doué pour imiter le fou du roi.
Timéo et Elias passent plus de temps à ramasser
les balles qu'à jongler.

« Pff, c'est trop dur, j'abandonne,
dit Elias en s'asseyant.
– Moi aussi, dit Timéo en l'imitant.
Je suis meilleur à l'escrime.
– C'est mieux, pour pas finir en brochette »,
lui dit Johanna.

Après le dîner, c'est la visite de nuit
autour du château. Tous sortent bien couverts.
Ils avancent dans la nuit noire,
chacun une petite bougie à la main.
« Attention de ne pas tomber dans les douves »,
dit la directrice au moment où ils traversent
le pont-levis.

Pendant la visite, les animateurs racontent
tour à tour des histoires effrayantes.
« Des prisonniers étaient enfermés
dans les cachots. Il paraît qu'ils hantent encore
les lieux la nuit », dit l'un d'eux.
Les élèves sont captivés par les récits,
mais certains ne sont plus très rassurés.
Anaé serre tellement fort la main de Suzy
que Suzy pousse un cri.
Ce cri fait à son tour crier Malo, qui fait crier Timéo.
À la fin, personne ne sait pourquoi
mais tout le monde crie.
Et la directrice, sans s'en rendre compte,
se met à marcher plus vite.

Dans le dortoir des garçons, une fois en pyjama, Basil pense que ce serait drôle de faire peur aux filles.

Il propose :
« Et si on mettait des draps pour jouer les fantômes ?
– Mais c'est dans les châteaux hantés en Écosse, les fantômes, pas ici, dit Maxence, qui s'y connaît en fantômes.
– On s'en fiche, c'est une super idée », dit Malo, qui a déjà un drap sur la tête.

Le groupe de fantômes garçons avance
dans le couloir.
Mais tout à coup, ils se retrouvent nez à nez
avec quatre autres fantômes.
Les garçons ne s'y attendaient pas.
Ils crient et font vite demi-tour.

Marie, Nabila, Kimiko et Johanna piquent un fou rire
sous leurs draps.
Madame Chabon, qui les a entendues,
ouvre la porte de sa chambre et dit :
« Allez, au lit ! Maintenant, on sait que les garçons
sont moins courageux que vous. »

Le jeudi matin, dans la salle de classe, Basil et Marie trient les photos qui seront dans le journal. Ils préparent celles de la visite du château, de la promenade de nuit, des séances d'escrime et de jonglage…

Kimiko s'est appliquée à dessiner le château, et elle ajoute les légendes de sa plus belle écriture.

Johanna a fini un article avec l'aide de Maxence, elle le lit à voix haute aux autres pour avoir leur avis. « Super ! dit Basil. J'adore la fin, même si je ne la comprends pas bien : "Le château du Moyen Âge est un beau lieu de vie pour qui est capable de s'adapter au passé." Pour rien au monde, je veux vivre au Moyen Âge sans les couettes et l'électricité ! »

Sport

Au dîner, pour le repas à la mode médiévale, tous les élèves ont le droit de manger avec les doigts. Il y a du gigot, des ailes de poulet et des pommes de terre cuites au feu de bois. Au début, Anaé hésite, ça la dégoûte un peu, mais à la fin elle dit :
« C'est bien meilleur avec les doigts ! »

Pendant le repas, les animateurs, déguisés en troubadour et en jongleur, font le spectacle pour le plus grand plaisir des enfants.

Comme c'est le dernier soir,
les élèves se préparent pour la veillée
en tenues médiévales.

Dans le dortoir, Suzy distribue fièrement à chacune
les costumes choisis à l'atelier de préparation
des festivités.
Anaé, qui a une robe jaune, fait la tête.
« Pff, je suis moche là-dedans.
– Tiens, prends la mienne, lui dit Noémie.
Pour moi, toutes les robes sont moches,
je m'en fiche. »

Une fois les déguisements enfilés,
il y a une séance de coiffage.
Nabila et Johanna s'amusent à faire des tresses
et des chignons aux autres filles.
« AÏE, tu me tires les cheveux ! »
crie Noémie, qui déteste qu'on la coiffe.

À la porte de la grande salle, un animateur costumé en troubadour attend les élèves. Le père de Basil et la directrice, déguisés en roi et en reine, sont assis au centre de la salle. Les élèves défilent deux par deux et font une révérence devant eux.
« On dirait des mariés, glousse Johanna.
– Ce n'est pas drôle », dit Basil, vexé.

Bientôt, la musique couvre le bruit des voix. Les élèves exécutent plusieurs danses médiévales. Puis, l'animateur met de la musique moderne pour faire plaisir aux enfants.

« Trop drôle de danser habillés comme ça, dit Marie.
– C'est comme une boum, dit Anaé.
– Mais on est mieux en pantalon pour danser qu'avec ces grosses robes », peste Noémie, qui se prend sans arrêt les pieds dans le tissu.

Le dernier matin, chacun, trop fatigué,
traîne des pieds pour faire sa valise.
« Elle est moins bien rangée qu'au départ, dit Lucie.
– Ça ne rentre plus, dit Noémie,
qui a tout mis en boule.
– J'ai fini, attends, je vais t'aider », dit Lucie.
Johanna vient de terminer sa valise
quand elle réalise qu'elle a oublié
son bouclier sur le lit !
« Zut ! Tant pis, je le garderai à la main. »

Dans l'autre dortoir, les garçons s'amusent
à se lancer des boules de chaussettes sales.
Quand le père de Basil entre,
la bataille de chaussettes s'arrête aussitôt.
« Au travail, les chevaliers ! Les filles sont
déjà prêtes, elles vont déjeuner sans vous.
– Pas question ! dit Basil.
– Ah non ! » dit Elias.
Et tous s'activent.

Sur le trajet du retour, le car a à peine démarré que tous dorment profondément.
Comme la route tourne, la pauvre directrice est malade. Elle devient blanche et elle vomit sur les pieds du père de Basil.

À l'arrivée, les CE2 descendent du bus en brandissant leurs boucliers.
Quand Basil voit son père sortir en chaussettes, il s'écrie :
« Papa, où sont tes chaussures ?
– Elles sont là, répond son père en agitant un sac en plastique. Ce n'est rien, je te raconterai. »
Et il fait un clin d'œil complice à la directrice qui rougit, gênée.

La mère de Lucie attend sa fille, un petit sac à la main. Elle lui dit :
« Désolée ma puce, j'ai écouté ton message trop tard. J'étais sortie dimanche soir et j'avais oublié mon portable à la maison.
– Ce n'est pas grave, je me suis débrouillée », dit Lucie.

Je joue pour bien comprendre

Vrai ou faux ? Trouve les phrases qui correspondent à l'histoire et **modifie** celles qui sont fausses.

1. La mère de Basil accompagne les CE2 en voyage scolaire.

2. Dans le car, les élèves regardent un dessin animé.

3. La classe de madame Chabon va vivre une semaine dans une ferme de la préhistoire.

4. Pour le goûter, il y a d'énormes tranches de pain, du beurre et de la confiture à volonté.

5. Madame Chabon fait classe dans une pièce du donjon.

6. Marie a oublié sa chemise de nuit.

7. Pour la visite de nuit, les élèves tiennent chacun une lampe de poche.

8. Les garçons se déguisent en fantômes pour faire peur aux filles.

9. Pendant le dîner, tout le monde mange avec des baguettes.

10. Le dernier soir, tout le monde se prépare pour la veillée médiévale.

Réponse : 1. faux : la mère = le père ; 2. vrai ; 3. faux : une ferme de la préhistoire = un château du Moyen Âge ; 4. vrai ; 5. vrai ; 6. faux : Marie = Lucie ; 7. faux : une lampe de poche = une bougie ; 8. vrai ; 9. faux : des baguettes = les doigts ; 10. vrai.

Je joue avec le Moyen Âge

1 Et toi, imagine…

As-tu déjà visité un château du Moyen Âge ?
Avec ta classe ou avec tes parents ?
Quelle partie t'a le plus impressionné(e) :
le donjon, le pont-levis, le chemin de garde ?

Tu peux proposer à ta famille ou à ta classe d'organiser une journée du Moyen Âge ! Comme les CE2, préparez des affiches, des costumes, entraînez-vous à l'escrime et au jonglage, et terminez la journée par un grand bal costumé !

2 Les Chevaliers de la Table Ronde

C'est une des légendes les plus célèbres du Moyen Âge. Le roi Arthur règne depuis le château de Camelot. Il est assisté par Merlin l'enchanteur et de valeureux chevaliers. Les chevaliers les plus proches du roi sont tous égaux. Ils se réunissent autour d'une table ronde, d'où le nom de Chevaliers de la Table Ronde.

Comment s'appelle le plus connu d'entre eux ?

a. Aladin
b. Lancelot
c. Charlemagne
d. Louis XIV

Réponse : b.

Je suis en
CE2

Retrouve Basil, Marie et tous leurs copains du CE2 dans les autres histoires de **Je suis en CE2**.

Les nouveaux copains

Les délégués de classe

Séjour au château

Ensemble, on est plus forts !

L'arbre à familles

Amour ou amitié ?

Le nouveau look de Suzy

Le match de foot

Une journée au vert

La visite médicale

Un mercredi bien occupé

Messages du bout du monde

Quelles histoires as-tu déjà lues ?
Quelle est ta préférée ?
Lesquelles aimerais-tu lire ?

Découvre aussi

Je suis en CM
6 titres parus

Si tu veux contacter l'autrice,
tu peux aller sur son blog :
www.magdalena-autrice.com